KB137165

그늘과 사귀다

이영광

시인의 말

-복간본에 부쳐

잊혀져 가던 『그늘과 사귀다』를 재발간해
새로 걷게 해준 '걷는사람'에 감사드린다.
이 두 번째 시집을 배고 낳을 무렵에 나는,
그늘에는 혼령과 멀고 가까운 부름들,
내가 아는 모르는 것들이 살고 있다고
무시로 생각하였다. 아니, 생각되었다.
능동적인 시간은 그늘에 없었다.
안아보려 했으나 지고, 눌리고, 당하고,
떠다녔다. 먼지로서. 그러나 피 묻은 먼지로서.

조치원 우거에서
2019년 1월
이영광

초판본
시인의 말

이 어룽어룽하고 쓰린 세상에
멍멍한 사람으로 와서
다름 아닌 시와 더불어 고행苦行하게 된 것이
행복하다

번개와 함께 나타난 골짜기의 나무들이
젖은 채로 타고 있듯이,
섬광일순일 뿐이지만

속수요,
무책이라고 생각한다

정해년 봄, 광릉 숲
이영광

차례

해설

— 이혜원 문학평론가

오래된 그늘

늙은 느티의 다섯 가지는 죽고
세 가지는 살았다
푸른 잎 푸른 가지에 나고
검은 가지는 검은 잎을 뱉어낸다

바람이 산천을 넘어 동구로 불어올 때
늙은 느티의 산 가지는 뜨거운 손 내밀고
죽은 가지, 죽은 줄 까맣게 잊은
식은 손을 흔든다

한 사나이는 오래된 그늘에 끌려 들어가
꼼짝도 않고
부서질 듯 생각노니,
나에게로 와서 죽은 그대들
죽어서도 떠나지 않는 그대들

바람 신神이 산천을 넘어 옛 동구에 불어와
느티의 백년百年 몸속에서 윙윙 울 때

휴식

봄 햇살이, 목련나무 아래
늙고 병든 가구들을 꺼내놓는다
비매품으로

의자와
소파와
침대는
다리가 부러지고 뼈가 어긋나
삐그덕거린다

갇혀서 오래 매 맞은 사람처럼
꼼짝없이 전쟁을 치러온
이 제대병들을 다시 고쳐 전장에,
들여보내지
말았으면 좋겠다

의자에게도 의자가
소파에게는 소파가

침대에게도 침대가
필요하다

아니다, 이들을
햇볕에 그냥 혼자 버려두어
스스로 쉬게 하라

생전 처음 짐 내려놓고
목련꽃 가슴팍에 받아 달고
의자는 의자에 앉아서
소파는 소파에 기대어
침대는 침대에 누워서

경계

모내기 철 기다리는 남양주 들판
해 질 녘, 논은 찬데
황새는 물 위에 떠 있다
보이지도 않는 긴 다리를
철심처럼 진흙에 박아놓고

가까이서 보면 그는 외발,
가늘고 위태로운 선 하나로
드넓은 수면의
평형을 잡고 있다
물 아래 꿈틀대는 진흙 세상의
혈을 짚고 서 있다

황새는 꿈꾸듯 생각하는 새,
다시 어두워오는 누리에 불현듯 남은
그의 외발은 무슨 까닭인가
그는 한 발 마저 디딜 곳을 끝내
찾지 못했다는 것일까

진흙 세상에 두 발을 다 담글 수는
없다는 것일까

저 새는 날개에 스며 있을 아득한 처음을,
날개를 움찔거리게 하는 마지막의 부름을
외발로 궁리하는 새,
사라지려는 듯 태어나려는 듯
일생을 한 점에 모아
뿌옇게 딛고 서 있었는데

사람 그림자 지나가고,
시린 물이 제자리에서 하염없이 밀리는 동안
새는 문득, 평생의 경계에서
사라지고 없다
백만 평의 어둠이 그의 텅 빈 자리에
밤새도록 새까맣게 들어앉아야 한다

호두나무 아래의 관찰

너거 부모 살았을 때 잘하거라는 말은
타관을 오래 떠돈 나에게
무슨 침 뱉는 소리 같았다

나 이제 기울어진 빈집,
정말 바람만이 잘 날 없는 산그늘에 와 생각느니
살았을 적에 잘하는 것이 무슨 소용 있으랴

무대 위에서 잠깐 어른거리는 것은
막幕 뒤의 오래고 넓고 깊은 어둠에 잠기기 위한 것,
산다는 것은 호두나무가 그늘을 다섯 배로 늘리
는 동안의 시간을
멍하니 앉아서 흘러가는 것

그 잠깐의 시간을 부여안고 아득히 헤매었던 잠깐
의 꿈결을 두 손에 들고
산다는 것은, 고락苦樂을 한데 버무려 짠 단술 한
모금 같은 것

흐르던 물살이 숨 거두고 강바닥에 말라붙었을 때
사랑한다는 것은, 먼지로 흩어진 것들의 흔적 한
톨까지도
끝끝내 기억한다는 것
잘한다는 것은 죽은 자를 영원히 잊지 못한다는
것,

죽은 자가 모두의 기억 속에서 깡그리 죽어 없어
진 뒤에도
호두나무 그늘을 갈구리벌레처럼 천천히 기어가
바지에 똥을 묻힌 채 헛간 앞에서 쉬던 생전의
그를,
젖은 날 마당을 지나가는 두꺼비마냥 뒤따라가
그의 자리에 앉아 더불어 쉬는 것,

살아서 잘하는 것이 무슨 소용 있으랴
호두알이 떨어져 구르듯 스러진 그를 사람들은 잊
었는데

나무 그늘 사라진 자리, 찬 바람을 배로 밀며

　눕기 위해 그가 집 안으로 들어오는 것, 아무도 보

지 못하는데

음복

제상을 차리는 동안 문풍지가 가늘게 운다
집은 일흔둘
뼈에 새겨진 일문의 내력을,
울향을 사르고 있다

그는 바람, 바람 소리 같은 것이 되어
희미해졌으므로
법도는 허공에 새겨질 만큼 분명해야 하겠지만,

함께한 생은 거칠었다
우리는 그의 사후에 대해 준비가 소홀하였다

초헌과 아헌 사이
절은 헷갈렸고,
독축은 어설펐다

술 잘못 드려도 상 엎지 않고
제차가 어긋나도 호통이 없는 대신에

창밖 자두나무를 흔드는 바람 같은 것이,
검은 소 같은 것이
괜찮다는 듯 괜찮다는 듯
어둠 속을 휙- 휙-
뛰놀았다

그가 조용히도 식사를 마치셨다
그가 어린애처럼 촛불을 흔드셨다

제상은 그의 돌상,
뼈에 붙은 젖을 물려주고
숟가락 쥐여 주고
늙은 집은 이제 처음부터 다시 그를 키우리라

멍들어 이쪽 집에 남은 것들도
형광등 아래 모여
얼굴 펴고 오래 음복하였다

4월

아지랑이는 끝없는 나라

꽃상여는 끝없는 집

길은 끝없는 노래,

바람은 끝없는 몸

햇빛은 끝없는 그늘

나는 끝없는 눈

끝없는 꿈,

논둑길 걸어오는

옛날 옛날의,

어머니는 끝없는 사람

오— 끝없는 사람

숲

　나무들은 굳세게 껴안았는데도 사이가 떴다 뿌리가 바위를 움켜 조이듯 가지들이 허공을 잡고 불꽃을 튕기기 때문이다 허공이 가지들의 기합氣合보다 더 단단하기 때문이다 껴안는다는 것은 이런 것이다 무른 것으로 강한 것을 전심전력 파고든다는 뜻이다 그렇지 않다면 나무들의 손아귀가 천 갈래 만 갈래로 찢어졌을 리가 없다 껴안는다는 것은 또 이런 것이다 가여운 것이 크고 쓸쓸한 어둠을 정신없이 어루만져 다 잊어버린다는 뜻이다 그런데도 이글거리는 포옹 사이로 한 부르튼 사나이를 유심有心히 지나가게 한다는 뜻이다 필경은 나무와 허공과 한 사나이를, 딱따구리와 저녁 바람과 솔방울들을 온통 지나가게 한다는 뜻이다 구멍 숭숭 난 숲은 숲자字로 섰다 숲의 단단한 골다공증을 보라 껴안는다는 것은 이렇게 전부를 다 통과시켜 주고도 제자리에, 고요히 나타난다는 뜻이다

나의 살던 고향

죽은 소나무 둥치 아래
무명無明 새싹들이 돋아난다
커다란 죽음의 살덩이를 한입씩 떼어 물고
쇠싹처럼

무덤도 저만치 죽음을 배어 고요히 불룩하지만
어느새 삐죽삐죽
연록의 바늘들을 뱉어내고 있다
생이여, 이렇게 쿡쿡
찌르는 듯하다

산기슭의 마을,
집들은 어둑어둑 흐린 빛인데
무덤과 인가 사이
억새를 흔들고 가는 바람은 누대累代의 것,
사람들은 집에서 무덤으로
사람들은 다시금 무덤에서 집으로 영원히

그러므로 바람도 스치지 못하는
하늘 높은 데서 보면
이것들은 모두 한곳에 모여 있을 것이다
이웃처럼, 희미한 길을 사이에 두고
산천에 단단히 갇힌 한마을일 것이다

지도에는 나온 적 없는
나의 살던 고향

성묘

목숨도 성질도 다해서
그는 둥근 이곳으로 이사 왔다
이것이 그의 새집이고,

전주이공경은지묘全州李公敬鎬之墓,

이것이 문패다
완전무결한
리모델링이다

이씨는 이공으로
드높여졌으며,
집은, 문도 빗장도
못질도 없는
천의무봉의
독채다

자연自然히 주소가 없고

소리 내어 앓던 뼈들은
푸른 살 속으로,
과묵이 침묵으로 바뀌었을 뿐

가을볕이 깨우면 순순히 일어나
상을 들인다
생전처럼 어육을 물리되,
탁주는 두어 잔만 받는다

회복 중이시다

떵떵거리는

아버지 세상 뜨시고
몇 달 뒤에 형이 죽었다.
천둥 벼락도 불안 우울도 없이
전화벨이 몇 번씩 울었다.

아버지가, 캄캄한 형을 데려갔다고들 했다.
깊고 맑고 늙은 마을의 까막눈들이
똑똑히 보았다는 듯이.

그럴 수도 있을 것 같았다
다른 손을 빌려서.
아버지는 묻고
형은 태웠다.

사람이 떠나자 죽음이 생명처럼 찾아왔다.
물에 끌려 나와서도 살아 파닥이는 은銀빛 생선들,
  바람 지나간 벗나무 아래 고요히 숨 쉬는 흰 꽃
잎들

나의 죽음은 백주 대낮의 백주 대낮 같은
번뜩이는 그늘이었다.

나는 그들이 검은 기억 속으로 파고들어와
끝내 무너지지 않는 집을 짓고
떵떵거리며 살기 위해
아주 멀리 떠나버린 것이라 생각한다.

나무 금강金剛 로켓

취한 몸을 리어카에 실어와 아랫목에 눕히듯
관을 내린다

불교도는 없는데도
관 뚜껑에는 누군가 심경心經을
새겨놓았다
눈물이 나지 않을까 두렵던 마음이 어느덧
뿌연 눈으로 내려다보면,
이백예순 말씀 공空인 듯, 한 글자로 흐려져

맞지 않는 옷을 입고도 오늘은 신경질이 없어라
난생처음 오라를 지고도
몸부림이 없어라
식은 몸은 취한 몸보다 더 무겁고
정녕 고요하다 나무 옷,
나무 캡슐이여

다시 들어 올려선 안 될 무게를 누르고 있는 마

법魔法,

　이백예순두 자 밝은 경문이여

　생겨남도 멸함도 없고

　무명無明도 무명이 다함도 없으나

　여기, 아프면 울어 버리던,

　매질처럼 선명했던 고苦의 덩어리가

　사라지려 한다

　굳세지도 약하지도 않았던 사람,

　사람이었던 적도

　사람이 아니었던 적도 없는 자가,

　다만 우리가 끝내 몰랐던 어둠 한 덩이가

　일인승 비행정에 탑승하려 한다

　금강金剛 주문이여

　이제 다 아픈 자의 집,

　저 나무 금강 로켓을 흙으로 봉인하여

　몸도 숨도 유정有情도 없는 곳으로 탈옥시켜다오

우주를 가로질러
다시는 돌아올 수 없는
반야의 성좌까지

수양버드나무 채찍

수양버들 춤추는 길에
상여 하나 떠가네
제 발로는 더 이상 걷지 못하는 자의 집,
여러 몸이 메고 가네

저 공중의 몸도 한때 이 길을
뜻을 품고 날듯이 걸어 다녔네
식은 자를 메고 가 땅에 묻기도 했네

저 발 없는 몸만이
홀로 들은 전갈이 있어,
경운기에 식구들을 싣고
저문 집으로 돌아오듯
이제, 그의 집을 운전하여 어김없이 떠나네

다른 몸들은 캄캄하게 발을 저으며,
제 속의 어둠을 뜬눈으로 보며
덜덜덜, 따라가네

저 공중의 집 떠가는 길에 오직
변치 않는 것은,
흙 묻은 인간의 붉은 울음과
푸르게 푸르게 선도하는
수양버드나무들

삼거리 주막 지나 먼 들녘,
너무 밝아 뿌연 햇빛 속의 길
허나, 그의 행방 아무도 몰라서
집은 한발, 뒤로 물러나네

다만 수양버드나무 푸른 채찍이
길 잃은 몸들을 때리고 있네
이렇게 길게 설명해줘도
못 알아듣겠냐는 듯이

쉼,

식은 몸을 말끔히 닦아놓으니,
생의 어느 축일祝日보다도 더
깨끗하고
희다
미동도 없는데 어지러운
집은, 우물 같은 고요의 소용돌이 속으로
아득히
가라앉는다
찰싹, 물소리가 들려온 듯한
창밖 새소리가 홀연 먼 산으로 옮겨 앉는
이 순간을,
한 번만 입을 달싹여
쉼,
이라 불러야 할까
우물 속에는 밤새워 가야 할 먼 길이
저렇듯 반짝이며 흐르고 있으니

소리 지옥

이, 천 년 전의 마야 인형은
마른 두 손으로 귀를 막고 웅크려 울고 있다

들어서는 안 될 소리가 파고들어온다, 어쩌랴
견딜 수 없는 것을 견디던 자세가 몸부림치다
저렇게 산 채로 굳었으리라

소리는 이미 돌 속에 단단히 스며들었는데
소리는 몸을 깨뜨리고 찢고 전기電氣처럼 우는데
어쩌면 그것은 세상 밖에서 홀연 나타났던 것인데
어쩌면 그것은 원래 몸속에서 들려오던 것이었
는데

이 천년千年의 돌사람은 아직도
어딘가로 숨으려는 듯 웅크리고 있다

천지에 가득한 울음 들어오지 말라는 듯
그 울음 절대로 내보내지 않겠다는 듯

결사적으로 두 귀를 틀어막고 있다.
소리 내지 않고, 죽지도 않고

황금 벌레

관 속으로 들어가기 위해
몸이 씻기는·동안,
다른 몸들이 기역 니은 리을로
엎드려 우는 동안
낮은 창 너머
밭고랑에 내리쬐는 햇빛

저 이상한 밝음과
더욱 이상한 방 안의 어둠
타는 경계를,
등을 닦기 위해 뒤집어놓은 몸처럼
불타면서 식으면서 그는
기어온 것 아닌가

기어가는 등뼈 하나를 남기기 위해,
어딘가로 더 가려는 듯한
어딘가에 드디어 닿은 듯한
자세 하나를 이룩하기 위해

몸은 한사코
꿈틀거렸던 것 아닌가

고통이 나가자 멎어버린 몸을
근본적으로 다시 치료하듯
베로 찬찬 감는 동안,
이 마을에서는 처음 보는 황금빛 벌레들이
뿌옇게 반짝이며 창밖으로 날아갔다

슬프고 어지러운 그림자

산낙지 접시에서 기어 나온 살점들이 탁자 위를
필사적으로 달아난다
온몸으로 눌어붙으면서도

수족관 너머에는
제 꼬리를 물려고 빙빙 도는 포구의 개
없는 중심中心으로,
바다 곁으로 저를 헉헉 떼밀고 간다
참을 수 없는 무언가가 몸에
들어왔다는 듯

식용유 끓는 프라이팬처럼 수평선이
집중치료병동 그림자를 팽팽하게 끌어댕기니까
검은 길 아스라이 물 위에 드리우는 거라
열熱 받은 바닥을 등사하듯
낮은 방에 든 일가족이 아픈 자를
전 재산으로 근심하는데
나는 바다가,

깊고 깊고 깊은 거라

우린 너무 멀어요
사라져버릴 만큼.
실컷 살았잖니. 아프지나 말았으면.
떠는 건 습관, 진짜 앞이
안 보이는 때도 있어, 습관이에요.
회가 넘어가냐. 그만해.
침대 위에 눌어붙은 한 줌의 신음,
이 살점들은 젓가락으로 뜯어내야 해.

세상 밖에서 밀고 들어온 라일락 만발滿發에 의해
하염없이 반짝였던 수면을
떨어지는 저녁 해를
멀거니 아로새기는 황색의 개,
짐승 울음으로 운다
슬프고 어지러운 그림자, 내 것이었구나

혼자서는 똥도 못 누는
그 아픈 자가 머릿속을 다 파먹었다
나는 내가 공공의 적이 될 줄 알고 있었다
너무 어지러워서 오지 못했던 곳,
검은 길이 기름띠처럼 번지는 다도해 전역을
한꺼번에 들어 올리는

소용돌이치는 태평양太平洋이
수족관 바닥에 들어와 있다
천년 만년의 정신병들이 꽂혀 있다
멸하지 않는 심해어족深海魚族처럼
감자를 우물거리던 늦은 저녁처럼

문병

　사라지지 않는 고통 같은 건 없다고 그녀는 그에게 말한다 그는 이를 악물고 그녀에게 고개를 끄덕인다 고개가 그를 끄덕인다 그가 이를 악물고 일어나려 할 때 그를 물고 있는 고통은 말이 없다 고통이 말없이 아플 때 고통의 배후에는 고통을 물고 놓아주지 않는 강철 이빨이 있다 물고 뜯고 사생결단하는 침상 한가운데 사십 킬로 남짓한 그의 몸이 밥으로 던져져 있다 고통은 온종일 밥을 먹는다 배가 터지면 밥 속으로 들어가 잠깐 쉬고 다시 나와 밥을 물어뜯는다 그래도 고개는 그를 끄덕인다 그녀가 그를 다시 눕힌다 그래, 사라지지 않는 고통 같은 건 없고 말고 사라지지 않는 것도 사라지는 것도 없고 말고 밥을 다 먹어치우자마자 고통은 밥 속에서 죽을 것이다 고개는 기어코 그를 꺾을 것이다 그래그래, 사생결단이 끝나면 고통을 깡그리 먹어치운 강철 이빨이, 통통하게 살찐 죽음의 웃지 않는 웃음이 나타나고 말고 고개 꺾일 때 내게로도 옮겨오고 말고

청명

1

한번 죽어본 것들을
만난 적이 있으신지
돋아나는 새잎 같은 푸름도
시들어 떨어진다는 걸
알고도 피어나는
아아, 알고도 살아나는
어여쁘고 천진한 죽음을
맞은 적 있으신지

2

집중치료병동 앞에는 매점이 있고 주차장에는 검
은 바퀴들이 구르고 육교는 공중을 걸어오고 식당
은 밥을 하고 앓으면서 깨어나는 아픈 자들의 집, 색
연필처럼 부르튼 꽃들, 생명이 아직 여기 붙어 있다
오늘이 청명이니께 내일이 한식이제 밭은 어야노 어

떤 사활死活은 드디어 재활再活에 이르러 휠체어를 밀
고 가는 노인이 휠체어에 앉은 노인에게 중얼거린다
그럼, 오늘 청명하고 말고…… 옹알이 같은 동문서답
이 전력을 다해 지나가는 공중의 푸른 길, 링거병 아
슬히 흔들리는 그곳에 식은 밥 한 그릇 따뜻이 올리
고 싶다 그럼요, 재활은 부활復活이고 말고요 내일이
한식이니까 오늘은 청명하고 말고요

눈꽃열차

눈꽃열차가 부활復活하듯 굴을 빠져나갔다
협곡과 절벽과 봉우리를
흰 눈이 장엄해놓은
별천지다

야, 죽인다
사람들이 창밖을 향해
이구동성으로 외마디를 내질렀다

죽음은 투명한 흰빛인데도
사람들은 단숨에 알아본다
열차도, 펄쩍대는 싱싱한 죽음들을
잘 알아 모신다

뛰어내릴 듯 차창에 매달린,
죽여줘도 신난다는 사람들을 가득 태우고
눈꽃열차는 다시 굴속으로 들어간다

길

순댓국집 앞 대로에는
죽은 개 한 마리가 엎드려
천천히, 한 일주일째
건너가고 있다
바퀴에 깔릴 때마다
한 번씩 새로 죽으면서
조금씩 몸을 펴 가면서

두 블록쯤 앞은 지난여름에
사람이 치여 죽은 곳이다
그는 엉망으로 취해
중앙 분리선 위를,
그러니까 생의 한가운데를
갈지자로 걸어갔다
그가, 쓰러졌던 자리에
벗어놓고 간 하얀 사람을
여름내 바퀴들이 짓이기고 갔다

횡단보도 반 토막만 한
개의 길
두 블록이 될까 말까 한
사람의 길
아무도 없는 밤이면 슬며시 일어나
다시 걸어가는 길

생각하지 않는 사람

번개에 의해 나타난,
젖은 채로 타고 있는 나무처럼
그는 어제의 그 자리에 앉아 있다
작년의 그 자리에
나타나 있다
영원히 그 벤치에 나타나 있다

그는 가장 멀리 다가온
가장 가까운 사람
그는 생각하지 않는 사람
혼자 영원히 중얼거리는 사람

나는, 지나가는 사람
영원히 혼자 듣는 사람
들리는 사람

그와 나 사이에 나뭇잎 하나가 툭 떨어진 오후에
나는 그를 지나갔다

나는 어제까지 그를 지나갔다
나는 작년까지 그를 지나갔다

그러므로 저 생각하지 않는 사람을,
다가갈 수도 지워 없앨 수도 없는 사람을
나는 영원히 지나갔다
한순간도 지나가지 못했다

신비의 도로*1

내리막을 미끄러지던 차는
시동을 끄자,
끔찍한 것을 만난 듯 오르막으로
후진하기 시작했다
한 발짝 앞에,
빠지면 헤어날 수 없는 블랙홀이 있었는지 모른다
지구만 한 몸뚱이를 가진 우주 괴물이
태평양만 한 입을 벌렸는지도 모른다

새는 하늘에서 땅으로 내려앉고
물은 위에서 아래로 흐르는 법인데,
이 길에는 위아래가 없다
법이 없다
안 보이는 중력의 엄습을 막는
안 보이는 역행逆行의 손이 있다

내리막을 내달려온 나에게는
위안이 되고

위아래 없이 거슬러온 나에게는
슬픔이 되고
어쩌다, 분별을 여읜 나에게는
딱히 신비할 게 없을 것 같기도 한
신비로운 길

그래도 가장 신비로운 것은 사실事實이라는,
모든 것이 착시현상 때문이라는
설명을 모여서 들었다
그러나, 아무도 사실을 믿고 싶어 하지 않았다
몇 번씩, 전진했다 슬슬 후진해보면서
낄낄대면서
아무도 믿지 않았다

* 한라산 기슭의 관광지.

신비의 도로 2

인가 하나 신호등 하나 없는 길에
덩그렇게, 매점이 있다
용케도 아스팔트에서 양식을 캐는
저 외딴집이
밤에도 불 밝히면 좋을 것이다

우리 살다 마지막 가는 행로는
외딴섬, 외딴길 같은 데로 나 있는지 몰라
길은 잠깐 뒤로 미끄러져도 주고
첩첩산중 한 점 불빛 주막 하나,
마침 호객도 하고 있으면 좋을 것이다

우도

이렇게 먼 곳까지 함께 왔다

안개는 짙어
일출은 물 밑으로 오고,
장닭처럼 오래 우적霧笛이 울었다

산정의 등대에는 모자 쓴 마네킹 등대지기가
사람 눈보다 더 까만 눈으로
먼 바다를 투시하고 있었다

뒤편 기슭, 야외 등대박물관에는
갓 태어난 새끼 등대들이
여기저기 웅크린 채 자라고 있었다
알집 벽에 빼곡히 매달린
크고 작은 알처럼

그리고, 섬의 절반은 목장이었다

우리는 사라지면서 걸어갔다

안개 속에서 불쑥불쑥 말들이 나타나
조용히 스쳐 지나가거나
다가와 순한 눈을 껌벅거렸다

간밤 당신 몸에 혹, 아기가 들지 않았느냐는 듯이

빗길

물웅덩이에 여지없이 발을 빠뜨리고
영혼이 나간 사람처럼
바지 벗고
바지 빨고
바지저고리와 함께 창가에 걸려
내리는 비를 본다

내리는 비를,
하늘의 빗줄기에 드높이 규환하는
잡목 숲을
한꺼번에 아픈 젊은 풀밭을,
바지를 걷어 다린다
따스하다

저기압대가 동진해오듯
다시 사람은 찾아오고
사람의 찬란도 찾아오고
사람의 수렁은 찾아오고

사람의 황홀도 찾아오고

앓으면서 화창한 빗길,
우중雨中에 떨어진 광릉 일원
그리하여 사람은 오래오래 찾아오고
그리하여 사람은 더 이상 사람 밖에 숨지 않고
사람 사이, 사람 사이 무섭지 않으리라

흙탕물이 맨발을 적시듯이
전력全力을 다해 사람은 찾아오고
전력全力을 다해 가는 비 내리고
대문은 집을 굳게 열고
한 지친 그리움이 더욱 지친 그리움을 알아보리라

길의 장례

나는 죽음의 뼛소리를 듣고 서쪽으로 갔다
날은 춥고 해는 기울고 어둠이 서서히 드리우는
먼 곳으로,
전차를 타고

이 죽음은 길을 좋아했다
다시는 집으로 돌아오지 않는 길이었다
길은 이 죽음에게 아무것도 강요하지 않았으나
단 한 번 사랑해주지도 않았다
한 죽음이 더 큰 죽음에 의해 길 위에 쓰러질 때
그는 죽음을 알아보지 못했으며,
다만 흘린 피와 토사물과 제 내장이 짜내는 신음
으로
길이 난생처음의 빛깔로 눈 감는 것을 갸우뚱, 보
았으리라
버려진 길이었으므로 그는, 아팠으리라
제 속의 죽음이 밖으로 나와 저를 부를 때에도
그는 착하여 알아듣지 못했으며

새벽까지 길 위에 길처럼 길게 누워
집으로 가는 길 사력을 다해 찾고 있었으리라
그가 평생을 헤매 다녔으나
한 번도 도달하지 못한 머나먼 세상이 또는 세
월이
그에게 다가오기를 쿵쿵쿵쿵, 기다리는 동안
버르적거리며 어둠 속으로 기어들어 갔으리라
뒤늦게 달려온 구급차보다 먼저 그가 어딘가로 실
려가고
죽음은 젖은 잎 뒹구는 골목을 스쳐 더 추운 곳,
야간병원의 냉동고 속으로 들어갔던 것이었다
그를 목격했던 세상은 그제야 어둠에서 걸어 나왔
지만
부어터진 몸속에 있던 그는 간 곳 없다

냉동고에서 나온 죽음은 한 번 더 죽기 위해
화장장으로 간다 길가 나무들에 양철빛 불꽃이
타고 있다 한 번 더 죽기 위해 죽음은

이제 초열지옥으로 들어간다
이 개 같은 땅 어디에 눈물 많은 신神이 있으랴
그 옛날 그가 나에게 물려주었던
왕자화판만 한 쪽창 하나를 이쪽으로 열어두고
죽음은 고요히 몸부림치며 들어간다
지상에서 가장 춥고 어두운
불 속으로

몸

몸은 제 몸을 껴안을 수가 없다
사랑할 수가 없다
빵처럼 부풀어도
딴 몸에게 내다 팔 수가 없다
탈수하는 세탁기처럼
덜덜덜덜덜덜덜덜, 떨다가
안간힘으로 조용히
멈춘다, 벗을 수 없구나
몸은 몸속에서 지쳐 잠든다
몸은 결국 이렇게 죽는다

망우리 취중醉中

나는,
미치지도 않았으면서
미친 척하는 자들을
잡으러 다닌다

미쳤으면서
미친 줄 모르고
안 미친 척하지도 못하는 자들은
떨지 마라
너희들은 무죄다

너희들은 가장 깊은 곳의 영혼,
영원히 순결하다

개새끼들,
진짜 미친놈들은
잘 기억나진 않지만
조금 전에 말한 그놈들이다

그놈들을 사슬로 엮어
그놈들 마음속의 지옥으로
데려가기 위해
나는 말 타고 개 끌고
한밤중 묘지 위를 날아간다

뼈 1

관을 열자,
제일 먼저 한아름의 빛이
쏟아져 나왔다, 그러고는

금니 하나 지폐 한 장
안 나오는 무덤

피도 눈물도 없는
한 구의 골다공증

저승이란, 그저 발밑이겠느냐고
목 부러진 해골 속
검은 눈이 내다본다

빛이 담겼던 그곳에만
어둠이 고여 있다

당신이 헤맨 그쪽 세상이

더 험하다는 걸 알겠다

추리려 절하며 보니,
이제 막 도착했다는 듯
뼈는 꼿꼿이 선 자세이다

뼈 2

회칼이 뼈와 살을 가른다
살은 회膾가 되고
피는 증발하고
뼈는 가시 뭉치로 쌓였다가
탕湯으로 끓어 식탁에 오른다
뼈와 무른 살의 더 깊은 사이를
찬 바람처럼 이빨들이 지나가자
큰 뼈 작은 뼈가 후두둑 쏟아진다
앙칼지고 단단하게 남은
가장 오래된 기억,
뼈는 사라지지 못하고
버려진다
매운탕 냄비에 빠진 제 머리카락을 건져 올리다
머리 쥐어뜯는
저 늦은 사내,
찔러서 알몸을 숨고 싶은
허공의 살이 없다
산산이 뼈를 부숴 어둠에 흩어놓을

마음의 한 칼이 없다

굴

문경새재는 웬 고갠가
아득아득하던 준령
검은 숲 아래
직선으로 굴이 났다
엉키지도 긁히지도 않고 백삼십 킬로로
굴속을 달린다
굴을 다 지났다
새재를 휘딱 다 넘었다
미로도 개구멍도 하나 없는,
뚫린 길 뚫린 길 없는 길 끝에
눈부신 사막이 있다
지나온 사람의 몸속이란 게 그랬다
그 어둠 속에서 한 번도
죽지 못했다
빛 속으로 내던져진 기억은
스캔들이 되고
심심풀이 땅콩이 되어
강과 교차로와 오색의 거리를

흘러가리라
숱한 주차장들을,
전광판과 매음굴과 번쩍거리는 어둠을 지나
시시한 파란만장과
생의 오랜 사막화를,
그리고 먼저 죽어간 자들을
조문하고 돌아오다 문득,
아득한 준령
검은 숲 우거진 아래
컴컴한 굴 앞에 다시
부들부들 떨며
백삼십 킬로로

시詩는

시詩는 늦은 것이다
하객들 두루 도착한 후에
문 닫고 들어와 조용히
뒷전에 앉는 사람처럼

시는 아주 먼 것이다
송고를 하고
기계를 끄고
술 한 잔 앞에 두면
또, 빈손이다

멍한 몸에서 건져 올린 젖은 주름진 손,
불의 계곡
물의 심연
기억나지 않는 어둠을 만지던
더듬이 한 쌍,
서로 더듬거린다
알아본다

그렇게 나는 멀리
나갔다 왔다
멀리 들어갔다 나왔다

어디에도 닿을 수 없는데
멈추지 못하는 길이 있었던 거다
불끈거리며 몸속을 달리는 정맥혈관처럼

동해 2

물결이여 한때 불이었던 혼자 마음의 젊은 뜨거
움을 참아 이제는 더욱 열렬한 물의 어머니가 된 여
자여 나는 저 파도의 끝을 막아선 커튼, 물의 신전으
로 가겠다 물결이여, 죽음보다 깊어질 일이로세 삶보
다 더 무너질 일이로세

울음보다 더 깊은 대책은 없다 사람보다 더 먼 것
은 없다 온몸이 환각인 그대, 명태잡이 불빛 한 척
띄워놓고 갓 돋은 살 부비며 동해 전체가 운다 오징
어 불가사리 흰고래가 멀어져 간 빈 몸에 잎이 나고
해가 뜨고 천상의 음악 저 바람 흘러가는 곳, 온몸이
나의 그물인 그대

어리석은 자! 어리석은 자!
생존을 자기의 중심에 놓지 못하는 자!
서서 죽으리라 그 무엇도 돌이키지 못하리라

아무것도 낳아주지 않는 어머니,

그저 영원히 사랑일 뿐인 그대

저 바다 잠 깨지 않는 어둠 어찌할 수 없느냐

나의 이 단순하고도 열렬한 마음으로 어찌할 수

없느냐

나는 저 파도의 끝을 막아선 절벽, 물의 신전으로

가겠다 바다 한끝 희게 트여 아침이기 바로 전, 먼

곳의 풍랑도 그예 돌아와 그대 포구에 안기거든 여

자여, 거대한 손을 펼쳐 소금처럼 익사한 나를 건져

놓아라

라일락 라일락

민박집 평상을 어루만지는 라일락 라일락 뼈만 남은 손 그림자

강원도 땅 드높은 산들의 절정을 봄 햇살이 끌고 내려온다 찬물 위로

생선회는 다시 비리고 식은 봄 평상은 시래깃국처럼 쓸쓸하다

노래를 해다오 날 위해 죽어다오 아니, 제발 살아 있어다오

물 밑은 죽음보다 깊고 시든 꽃잎 늙은 풍락風樂이 얼얼히 흘러간다

아득한 꼭대기까지 산은 검은 수심에 빠졌는데,

그대가 절정을 품고 돌만큼 뜨겁게 여미어 멀리

갔음을 안다

노래를 해다오 날 위해 죽어다오 아니, 제발 살아
있어다오

꽃잎에 젖은 인간 하나가 술상을 치며 유행가를
부르고 있다

라일락 라일락 뜻 모를 소리에 취해 기진한 봄을
건너고 있다

물 위를 걷다

물 위를 걷는다
지은 죄를,
지은 적도 없는 죄를
덜덜덜 자백하는 한가운데

혹한이 찾아오면 몸 바꾸는 그대
단단히 단단히 단단히
날 건네주는,
얼음 위를 알몸으로 점령한
그대

야윈 가슴을 디디자
채찍질처럼
자욱이 금이 간다
쩌르릉,
울음소리 올라온다

아픔에는 어김없이

가시 무지개가 뻗어가고,
세상의 망극한 마음도
제 무게를 떨며
그 위를 또 맨발로 디디고 가야 할 때가 있다

저수지

마른 아랫배가 쩍쩍 갈라지자 저수지는
물 빠진 빈 그릇이 되었다
저수지만 한 입을 가진
커다란 울음이 되었다

울음은, 풍매화 홀씨들을 공중에 날려 보내는
텅 빈 바람으로 떠났다가
돌아와 꽃대궁을 흔드는 고요로 머물다가
마른 땅 밑 먼 수맥을 아슬히 울린다

저 물 빠진 황야로 걸어 들어가
한나절을 파헤치던 사람들과
주둥이를 빼고 목메다 간 산짐승들의
발자국을 만지는 약손이 된다

작은 울음들이 목청껏 울고 간 먼 골짜기까지가
울음의 커다란 입이다
쟁쟁거리는 소리들이 간신히 잠든 지층까지가

울음의 고요히 타는 입이다

나는 울음의 입속으로 들어가
귀 기울여본다
큰 울음은 작은 울음들로 빽빽하다
큰 울음은 오늘도 울음이 없다

빨랫줄

점심을 거른 집의 기운 어깨가
컴컴한 겨울 속으로 잠겨가고 있었다
문구멍으로 내다보면, 빨랫줄이
바깥을 가늘게 막아서서
윙윙거리고 있었다

마른 집이 거미줄처럼 토해놓은 긴
칼날

우리 식구 누더기들은 거기 푸릇푸릇 매달려
얼었다가 녹았다가 기어코 마르곤 했다

사라진다

지워지기 위해 잠깐 나타나는 것들

눈보라가 사람 마을과 시내와 방풍림을 쓸어안고
고요히 눈보라 속으로 사라진다
나는 꼭 한 번 눈물 없이 묻고 싶었다
너의 신神은 너에게
뭐라고 속삭이니
너는 어디로 간 거니

사라지기 위해 한순간을,
그러니까 갈 봄 여름을
한마디도 못 알아들으면서
개근했던 것들아

현대문학

현대문학이죠? 예? 애 시험 땜에 겨를이 없어서. 아닌데요. 오일륙에 삼칠칠공 아니에요? 공삼일 오일륙에 삼칠칠공인데요.

현대문학입니까? 주간님 계십니까? 주간님 안 계십니다. 경기도 사시죠? 어떻게 아셨어요? 다 아는 수가 있죠. 경기도 사는데 경기도 사는 것 같지 않죠? 어떻게 아셨어요?

계간 현대문학이죠? 월간인데요. 아, 맞다. 호호호. 신인상 원고, 마감 날 소인 유효하죠? 글쎄요, 아마…… 고마워요. 아, 잠깐. 이런.

월간 현대문학이요? 계간 현대문학이요. 월간 아녔나. 인터뷰 담당 선생 계시오? 안 계심다. 내가 오늘 못 들를 것 같아서 그런데. 그냥 서울 나들이 한번 하지 그러세요. 전화 받는 분은…… 거기 어디요?

현대문학이죠? 고전문학인데요. 네? 아유…… 잠깐! 뭐 쓰세요? 소설? 소설 좋지. 나도 옛날에 문학한 적 있는데, 우리 술이나 한 잔 할까요? 수목원 조와요.

한 달에 한두 번은 현대문학 묻는 길 잃은 주문
들이 날아온다 현대 익스프레스도 현대 비뇨기과도
현대 유니콘스 야구단도 아니고, 개도 안 쳐다보는
현대문학을 SOS처럼 원고독촉전화처럼, 어떻게 알
고 찾아온 거냐 백만 년을 날아온 별들이, 그러나 잘
못 날아와 깜빡이는 경기도 하늘,

현대문학이죠 현대문학 아니에요 현대문학입니까
현대문학이요
　녹은 눈이 다시 얼어붙는 베란다 위에
　말라죽은 행운목이 버티고 서 있다, 절필絶筆처럼

백운동*

붉은 산이 걸어간다

흰 두루미 한 마리

오늘은 진홍 불길에

깃 적시고 지나간 자리

물은 올해도

깊고 맑으니

단풍대丹楓帶가 건너가신다

하느님의 연애에는 포장도로도

개간밭도 없다 골재 채취장도

철제 가교도 없다 막을

길이 없다

명백한 두 절들의

뼈가 녹는다

물속의 공중을 건너는 붉은 빛 또 붉은 빛

<hr />

* 충북 제천의 지명. 인근에 원서헌遠西軒이 있다.

절 1

늙은 몸은 절하기 위해 절에 온다
절 가지고 될 일도 안 될 일도 있고
절 없이도 일은 되기도 안 되기도 하는 것인데,
그저 모든 걸 다 들어 바치는 절은
내가 받는 듯, 난감하다
온몸으로 사지를 구부리고
두 손에 그 힘을 받쳐 올렸다가
다시 통째로 내려놓는 절
성한 데 없는 늙은 뼈가 웅웅
또 저만 빼고, 일문의 안녕을 엎드려 비는데
나는 그만 절을 피해
배롱나무 그늘로 들어간다
늙은 나무가 가득히 피워놓은 붉은 꽃들
또한 절하는 자세여서,
절 안에서 내다보면
그늘 밖에는 햇볕에 타는 어지러운 한세상이
꽃잎에 싸여 엎드린 아름다운 몸이, 있다
결정적인 일은 다 절 가지고는 안 되었는데

몸은 아직 더 결정적인 일이 남아 있다는 거다
몸은 무너졌다가는 다시 일어나고
무너졌는데도 결코 무너지는 법이 없다
아, 꽃잎은 그런 당신을 끝없이 적신다
어머니 뼈는 저 자세에서 가장 단단하고 구멍 없
다
저 자세는 몸만큼이나 오래된 것이다
수없이 많은 절 이미 받고
이 몸 헤롱헤롱 두 발로 잘 걸어왔으니,
결정적인 것들은 잠시 미결로 두라 하고
한번 시들면 다시 못 볼 것 같은 꽃그늘 아래서
나는 당신 몸에 오래 절하고 싶다

절 2

어머니는 이제 예전과 같은 자세로는
절을 하지
못합니다

너무 멀리 가버리곤 하는 마음을 몸이
따라가지 못합니다
마음이 자꾸 몸속으로
찾아오지 못합니다

몸은, 더 깊이 굳기 전에
마음이 먼 우주로 돌아가기 전에
어서 절하고 싶어서,

이번에 온 절은 기와도 단청도 없는
신 내린 집입니다
약사여래천신보살이라는
힘센 절입니다

어머니가 삐뚜름히 앉아
한 손을 오금에 넣고
마음을 지그시 눌러 봅니다
의젓하디 의젓한
반절입니다

몰골 沒骨

노골露骨은 뼈아픈 것
나무와 돌들의 고요한 동통을
더 깊은, 골짜기의 벗은 몸을
눈발이 가려준다
뿌연 어둠에 내걸린
흉부 엑스레이 사진 같다

얼어 터진 몸들도
아픔 안쪽은 예외 없이
뜨겁게 끓고 있을 것이므로,
하늘은 차고 부드러운 손을
내려주는 것이리라

서서히 어두워지는 광릉 길
미등을 켜고 차는,
천천히
같이 앓는다

굵은소금 뿌린 상처처럼
희고 살찐 새 뼈들이
우뚝우뚝 일어선다

일찍 죽은 사람

일찍 죽은 사람의 책을 읽으면
그가 그날의 빛나는 어둠을 보고 있었음을 알게 된다
일찍 죽은 사람에게는 일찍 죽은 사람이 있었던 거다
본다는 것은 단숨에 알아버린다는 것,
숨은 것 속으로 숨어버린다는 뜻이다
검은 어둠이 흰옷을 입고 나타난다
굳센 바람이 엄연한 사실事實처럼
언 솔가지들과 낮은 구름을 흔들고 간다
사라져버리는 것은 어디에도 없어
나는 그를 한 번도 본 적 없는데
그는 나의 가장 깊은 곳에서 뎅그렁거린다
그와 내가 닮으면서 흐느끼는 아득한 옛날인 지금에
우리가 다 같이 어슴푸레한 어둠인 시절에
우리는 헤어진 적 없이 만나고 있는 거다
그리고 나는 바람의 능골에 켜켜이 베인 채
일념으로 새벽을 몰고 다니는 풍설風雪 속으로
벽에 뜨는 별빛, 펄럭이는 책장 속으로 들어간다
우리는 최후에는 한곳에

있었으리라 우리는 같은 어둠을 바라보고
있었으리라 일찍 죽은 사람은
일찍 죽은 사람에게 오고 있었으리라

그 집

그 집은 십 년간 비어 있었다

지겹게 또 찾아온 봄이 마당귀를 건성으로 파헤치고

잊었던 발길들 불러온 날에

문 여닫힐 적, 묻어 나오는 어둠

홑이불 같은 살가죽이 간신히 가린

커다란 뼈마디가 몸 밖으로 튀어나와 있었다

그것은 숨이 다해서도 물음표처럼 구부러져

제 속으로 들어가려는 형상을 하고 있었다

단 한 순간도 빈 적이 없었음을 알아차린 발길들이 아

슬히

회광반조하는 문패 아래 앉아 연거푸 쉴 때

집은 완전한 의문 속으로 사라졌다

이 깊은 악취 속 어딘가에 가마솥 같은

적막의 내실이 딴살림을 일구고 있었던 거다

저녁상 차려놓은 그곳에 손 씻고 그는 들어간 것이랴

구멍 숭숭 난 뼈가 또 어느 죽은 살을 만나 광란했으

라

사후에 받아 읽고 내팽개친 유언장처럼

잡풀들이 꽂힌 마당은 내일이면
어떤 고독도 혈연 공동체도 이룩하지 않을 것이다
피멍인 듯 사랑인 듯 이글거리던 김칫독 속 김치들
오늘 싱싱하다가 내일 스스로 말라죽던
옛날의 곡식 모종들, 믿지 못한다
한 번도 제 고통을 드러내놓지 않고 저만의 평안,
지옥 속에 살다 간 것 사랑하지 못한다
빈집의 늑골에 탱탱하게 쇠빗장을 지르고
발길들은 치를 떨며 떠날 것이고, 떠날 것이나
모든 것은 다시 시작될 것이다
어둠이 영원히 그들과 함께할 것이며
아픔도 원한도 없을 것 같은 투명한 세월이 홀연 돌아
서
가죽에 싸인 등뼈들 차례로 꺾을 것이다

그러니까

거울을 보면
나는 나보다 나이가 더 들어 보인다
늦은 오후, 몸 안 좋아서 찡그리고 들여다보면
세월은 거울 속에
꺼낼 수 없는 입체로 멍하게 고여 있다, 그가
넥타이를 내 목에 건다
졸업하고는 한 번도 못 만났는데
동창 주소록에는 '작고'라고 쓴 이름들이 있었다
나는 '작가'로 되어 있고
작고와 작가가 다 오타였으면 좋겠다, 허나
고침은 운명의 개칠 아닌가
분명한 건 모두 시들어간다는 것
을 알면서도 너, 하나도 안 변했구나
선의도 악의도 없는 거짓말이 늘어간다는 거
거짓말에도 진짜 뭉클해진다는 거
요컨대, 인간의 세월에는 대책이 없단 말씀이지
집을 때려 부수고
세상에서 도망쳤고

더 먼 세상에서 한 시절을 놀아난 자가
이곳에 버젓이 숨어 있다
어떤 손도 잡아주지 않는 늦은 오후를
가을날, 가을날의 거울 앞에서 넥타이를 맬 때
성기처럼 올라오는 한 남자의 쭈글쭈글한 손
한때 술에 절어 사고도 치고
하하하 미치기도 하였지, 허나
그는 상대가 봐주기를 바라던 약한 파이터였다
혼자 있으면 훌쩍이던
온순한 탕아였다, 그러니까
탕아의 객기 따위가 나를 늙게 했을 리가 없다
거울 속의 나는 내가 술 먹고 토해놓은 나 같다
숱한 말에 굴복했으나
한 번도 내 말을 듣지 않은 너
내 목에 청색의 밧줄을 묶고 있는 너
끼인 빤쓰, 사타구니를 꼬기작거리는 너
를 해치울 방법은 언제나 있다, 그러니까

버려두었던 거다

마취 상태에서 의사에게 겁탈당한 여자에 관한

사회면 뉴스, 내가 입 열면 여러 놈 다칠지도

모른다는 놈들이 암약하는 수도 서울로의

한 계절만의 외출

을 등 뒤에서 찍는 거울 X-ray

오늘은, 작고와 유고와 무고와

작가가 만나는 동창회 날이고

나는 언제나 널 봐줬다, 그러니까

이제는 정말 돌아오지 않겠다

한순간도

사르트르에게 지옥은,
한순간도 불을 끌 수 없는 곳이었다*는데

어둠 속에서 나는
고쳐 생각한다

지옥이 있다면 그곳은,
한순간도 불 켤 수 없는 곳이리라

* 칼루 싱의 『죄책감』의 한 구절.

정상 부근

눈 녹는 자리,
흰 눈보다 검은 흙이 더
선명하다
바탕색이다
아는 나무도 있고
모르는 나무는 셀 수도 없는
헐떡이는 산길을 올라
몸 없어 헤매는 바람 몇 점을 놓친다
휩쓸린 등뼈의 잡풀들,
제 한 몸 가누는 일로 평생을 나부껴온
헐벗은 자세들이 여기 서식한다
누구나 찾지만 모두가 버리는
폐허에서 보면,
수묵으로 저무는 영동 산간
내란 같은 발밑의 굴뚝 연기들, 그리고
짐승 꼬리처럼 숲으로 말려 들어간 길
의혹 없는 생이 어디 있으랴만
사라진 길은 사라진 길이다

저 아찔한 내리막 도처에서
무수한 나무들이 꽃과 잎을 피워
다시 하릴없이 미쳐가도,
내가 아는 몇 그루는 꿈쩍도 않고
봄 깊은 날, 검게 그을린 채
끝내 발견되지 않을 것이다

천국행行

기쁜 것 같기도 하고 슬픈 것 같기도 한
웃음을 얼굴 가득 머금고
모든 두려움과 불안을 다 눌러 감춘
이상한 행복한 표정으로
그 아주머니는 다가왔다
후줄근한 터미널이었다
그녀는 천국발 버스에서 방금 내린 사람처럼
천국 얘기를 했다 그러나 그녀는 곧
졸고 있는 나를 버리고
오히려 이제야 천국에 당도한 사람처럼
대합실을 기쁘게 누비며
열렬하게 똑같은 말을 토해냈다
예수와 구원과 천국의 황홀한 인과관계를
놀랄 만큼 정확히 되풀이하며
어리석고 죄 많은 사람들을 가르치고 다녔다
나는 그녀에게 좋은 병원을 소개해주려다가
그만두었다, 그녀는
이미 여러 곳의 병원을 정신도 없이 거쳐왔고

아마 마지막 병원에서
이제는 더 이상 병원이 필요 없을 만큼
완전히 나은 거라는 생각이 들었다

그녀는 어떤 근본적인 재활 요법에 의해
자기 안의 병원에 빗장을 질러버림으로써
병원을 떠날 수 있었으리라
나는, 저 열광적인 고행이 무사히 저물어
돌아가는 그녀의 병원이 천국이었으면 좋겠다
한 마리의 길 잃은 양도 곁에 없이
끝내 홀로 남을 저 가난한 목자가
천국행行 막차를 놓치지 말았으면 좋겠다
그녀를 눈멀게 한 하늘의 섬광이 있었다 한들
여기 없는 무언가를 그녀가 보고 있다 한들
아는 자는 저렇듯 열렬히 권하지 않는다는 점에
서
나와 별다를 바는 없을 것이다
나는 저 지복至福 같은 정신의 주화입마走火入魔 상

태가 시들어
　돌아갈 그녀의 병원에는 한사코 천국을
　거부하는 사람들이 없었으면 좋겠다
　눈물과 기쁨과 피곤이 따뜻하게 껴안고 잠드는
　지상의 방 한 칸이었으면 좋겠다

　그녀가 천상의 목소리로
　드높이 노래하는 동안,
　차가 도착했다
　드디어 천국행行 버스를 타게 되었다는 듯
　사람들은 우르르 홈으로 몰려나갔다
　그녀는 잠시 주춤했지만 곧
　얼굴 가득 웃음을 머금고,
　그곳에 하차한 사람들을 향해 기쁘게 다가갔다

세월

단칸방 집 아이들 이불 싸움하듯
먹구름이 몰려온다
으르렁거린다
멍이 되는 기세도 있는 거다
앞날을 까맣게 모르고도 발광發狂하던 때가 있었
다면
어둠 속에서 멍청히 견뎌야 하는
망신과 굴욕의 세월도 있는 거다
빗방울들, 나의 공중 정원을 매우 치고
땅으로 내려갈 때,
나는 높은 창에 기대 젖은 이력서履歷書를 고쳐 쓴
다
아픈 몸을 수술하듯

미동도 않는 돌기둥

당신의 험난했던 생에 대해
우리는 이제 말하지 않는다
말이 될 것도 될 수도 없는 것들은 무섭고
깊은 데를 보는 자는 불행하다

잠시도 쉬는 법이 없는 늙은 몸의
늘어진 배를 뚫고 나와 팥알처럼 흩어졌다가
다시 기어든 우리는 실상은 벌 받으러 온 자들,
떠들다가 문득 떠나가는
허망한 뜬소문의 새끼들이다

잘린 감나무가 천 개의 눈을 뜨고 내려다보는 집
아버지는 소가 되어 다시 찾아오고,
건넌방에 누운 할머니가 에미야, 하고 백 년째 부르
는 집
한길까지 내놓았던 그림자를 천천히 거둬들이는 집

그리고, 당신과 흰 검은 개 한 마리가 사는 집 그늘

에서
　시동을 걸어놓고 보따리를 싣고
　쭈글쭈글해진 몸속으로 그만
　다시 기어들어 가고 싶어질 때,
　당신이 모든 동작을 멈추고 비로소
　나도 마음이 있다는 듯,
　가만히 마루 끝을 쥐고 앉을 때가 있다

　움직이지 않는 것은 움직일 수 없기 때문
　움직일 수 없는 것은 무언가 지금 당신을 붙잡았기
때문
　당신이 더 이상 움직이지 않을 때라야
　슬픈 평화가 찾아오던 오랜 옛날처럼
　당신을 미동도 않는 돌기둥으로 세워 놓고서야
　우리는 다시 먼 곳으로 떠나온다

흉터

몸 곳곳에 흉터가 피어 있다,
악의 꽃처럼
내 손과 남의 손이
찢고 태운 자리들

저것들이 날뛸 때마다
몸은 아팠고 나는 앓았으리라

그러나 제 새끼도 못 알아보는 짐승,
나는 이놈의 흉터들을 다 기억할 수가 없다
아픈 적도 앓은 적도 없는데
흉터는 나타나 몸을 물고,
빨고 있다

갈 데 없으면 돌아와
제 집이나 때려 부수는 가장처럼 나는 날뛰어
기억에도 없는 흉터들을 만들었으리라

몸은 내가 아니라
내 것이었으므로
흉터는 자식이 아니라
장식이었으므로

눈먼 몸은 저를 떠난 나를 증오하여
상처를 꿰매고 달래어 이렇게
흉터를 길러냈으리라
제 속에 뿌리 깊이 내려주었으리라

옷 벗고 들어가다 거울 앞에서 보면
내가 괴롭힌 자,
주렁주렁 새끼들을 끌어안은 어미 같은
축 늘어진 몸이 건너다본다

물로는 도려낼 수 없는 흉터들도
초롱초롱 제 아비를, 제 원수를 쳐다본다

내소사

전나무 숲 지나 경내에 들자 미친 듯,
눈보라 쳤다
나는, 나타났다
앞섰던 사진작가가 셔터를 눌렀다
그러자 나는 얼굴을 붉혔다
정월 바람은 짐승 같고
눈발은 드높이 날뛰었다
절은 신음했고,
경내는 흐릿하고
비릿했다
수만 혼들이 흰 보자기로 싸고 있는
내소사를 나와
젊은 승僧 하나가 성큼 나서는
숲에 닿자 미친 듯,
눈보라 그쳤다

나는 내소사가 나에게
흥분했다고 느꼈다

그렇지 않다면,
거리에서 한 세월을 헤맨 내가
그따위 깡마른 숲에서
길을 잃었을 리가 없다
생선을 구워놓고
막걸리 몇 잔을 들이켜자
뭔가가 주무르고 간 듯
벌겋게 달아오르기 시작했다

거울 얼굴

새벽 두 시, 티브이를 켠다
그는 이곳을 버렸다
한결 넓어진 실내에서
창백한 여분의 공간을 위해 그가
알아서 떠나준 것 같은 느낌에 사로잡힐 때
깨끗이 지웠는데도 나타나는 것들,
죽음에는 빈틈이 많다

운동화도 등산모도 없이
경로 우대증도 스쿠터도 없이
그는 막막한 빈틈을 건너고 있으리라
남기지도 못한 유언을
재갈처럼 물고,
이제 영원한 이국어로 신음하며
25번 채널의 모래사막을 건너가리라
살이 불타고 피가 마른 뒤에도
오랫동안 마음은 뼛속으로
모래 속으로 스며들리라

검은 대상隊商 무리가 지나간 길
커다랗고 앙상한 짐승 뼈가
한 번도 드러난 적 없는 그의 본색本色을,
만월을 들어 올리고 있다
모래바람이 새까맣게 뚫어놓은
사막의 둥근 구멍,
모든 빛을 되돌려 보내는
거울 얼굴을

얼음산

우동 그릇에서 올라온 김이
흐려놓은 유리창 멀리
지워질 듯 지워질 듯한
얼음산들
우동 그릇에서 올라오는 뜨거운 걸 피하듯
어떤 과열을 지닌 생을
나는 두려워했다
지겨워했다
사라지기 직전의
저 시린 얼음산으로 갈 수 있을까
없을까, 조루증 같은 희망 갖고도
수은처럼 얼어 더 먼 곳으로
흘러갈 수 없을까

길은 막히고 휴게소는 붐비는데,
인간사 혈연의 일
젖은 발 끌고 찾아가는 노중인데
안 가면 그만일 뿐인 후레자식의 길인데

백 년 만의 폭설에
백 년 만에 처음 나타났던
하늘길 하늘길, 이제 묘연하다
이곳의 일에 대하여
이곳보다 더 추운 곳의 고요,
썩지 않는 저 얼음 우주정거장에 대하여
소망하였으나 찾지 못한 자의 꿈
일생일대의 회한이
앉은 채로 지나간다

졸부도 사기꾼도 어린것들도
깡패도 선생도 한 끼의 허기에 뒤섞여
양계 닭처럼 붐벼도 결국
사람 살지 않는 휴게소를
차들이, 폐차 직전의 저속으로
지나간다, 얼음산 지워진 자리
이곳이 휴게소인가
휴게소구나

생각을 구겨 접는 자의 먼 길,
벗어날 수 없는 외줄기 고속로
어디선가 점점이 의문부호 같은
송이눈들, 또 자욱이 나타난다

광활한 감옥

라일락 꽃잎이 날리는 짐승 우리,
사바나는 없다

머리와 아가리가 몸의 반이나 되는 수사자가
갈기를 세우고 온다
열렬하게 나를 만나고 싶어한다
죽이기 위해

둥근 짐승 우리
경계에는 강철의 벽이 역력히 걸려 있고
따듯하고 나른한 봄 햇살,
피 냄새를 말리고 있다

너는 백수百獸의 왕
나는 백수白手의 왕이라고나 할까
너, 참 인상이 험하다
네 왕국은 너무 좁고
내 감옥은 너무 넓구나

이 사자는 아프리카에서 왔고
나는 이제 곧 아프리카로 떠날 것이다
그곳은 깡마른 잎 진 나무들이
더욱 앙상한 그림자를 늘여도
꿈쩍도 않는 지평선,
어떤 사자후로도 벗어날 수 없는
광활한 감옥일 것이다

나는 그곳에서, 달리다가 걷다가
절룩거리다가
마침내 평생을 쓰러뜨려
버르적거릴 것이다
제 살점을 입에 문 맹수들을 쳐다보며
죽어가는 초식 짐승처럼

버르적거림이 전부였음을 받아들이는 순간,
지평선에 걸린 해를 누워서 보며

내 눈은 천천히 녹을 것이다

동쪽 바다

1

동쪽 바다로 가는 쇳덩이들,
짜증으로 벌겋게 달아올라
붕붕거린다, 꽁무니에 불을 달고

이 지옥을 건너야 극락極樂 해변이 있다
왕숙천변 수양버드나무 긴 푸른 생머리를 휘감는
태풍의 예감
유리잔을 부숴버리고 싶은 마음이
커피를 입으로 가져간다
모든 길이 기로여서,
헤매다 들어온 찻집에서 보면
십 분 전의 갤로퍼가 아직 그 자리에 서 있다
이 지구는 영원히 공사 중이야

2

뉴 밀레니엄은 어쩌면 벽화의 시대로 남지 않을까요

저 담벼락에 페인트칠 된 고구려 여인들,
치마가 무슨 판때기 같아요
사슴과 범을 쫓는 사팔뜨기 사내들은
총 맞은 듯 말이 없군요
벽은 간판이고 간판은 벽이며,
요컨대 인간은 전쟁 중이죠
그날, 당신은 눈물이 날 만큼 선정적이었어요
내가 갑자기 돌아버리지 않는 이상
언젠가 고분이 된 이 찻집에 총성과 난동은 없을
것이며
너무 희귀해서 모두를 놀랠 공포가 벽 속에서
비참하게 발굴되겠지요
폭탄 세일과 재탕 우주 전쟁과 기본 삼만 원을
숙식 제공과 월하月下의 도우미들과
흡반 같은 골목을 거느린 벽의 이면,
벽화는 벽을 은폐해요
모든 벽화는 춘화春畵예요

세상은 궁극적으로 형장이고
인간은 인간의 밥이고
에로가 어쩔 수 없이 애로이듯
이건 고행苦行이야, 마시고 싶어 마시는 게
아니야, 하고 내가 주정했을 때
당신은 암말 없었죠 블라인드 너머
오색의 길을 오색의 길을 오색의 길을
보고 있었죠 이 지구는 어쩌면
버려진 별이 아닐까, 신음하듯

3
휴식은 어지럽고 갤로퍼는 사라졌는데,
돈 내고 받아드는 영수증처럼 허망한 당신의
오랜 병력과 어둠과 온몸이 부서질 듯한 체념을
가슴으로 한번 받아볼까요 나는 잘못
살았어요 살았으니까 살아 있지만
당신과 못 만나고 터덜터덜 가는 길에

동쪽 바다 물소리 푸르게 들리고,
내가 밤하늘 올려다보며 당신 생각을 할까요
느티나무 그늘에 앉아 두루미처럼 울까요
당신은 좆도 몰라요

일 포스티노

선생님, 어떡하면 좋지요?
저는 사랑에 빠져버렸어요
거긴 치료약이 있다네
약은 필요 없어요
저는 계속 아프고 싶어요

시인은 약장수일 뿐
코만 벌름거릴 뿐

영화 찍다가 죽고
영화에서도 죽은 자의
짧고 격렬했던 자해,

그는 다시, 전하러 갔다
그의 아픈 천국天國을 둘러메고
다른 세상으로
마지막 배달 가듯

디브이디 상영관 건너편에는
드럼통에 장작불 피워놓고 인부들이
손을 쬐고 있다
오늘 벌이가 괜찮으신가
술집 마담이 이쁘신가

두 손을 불에 태우면서도
으흐흐으
웃고 있다

눈

등나무 줄기는 제 몸을 사뿐
공중에 들고 있다
바람의 톱니가 자르러 온다 하나
납땜하는 용접 불꽃 같은
흰 꽃이 선두에 있다

버릴 수도
다이어트할 수도 없는 무게,
구긴 헌 옷 같은 사내 하나
스포츠 신문을 덮은 채
벤치에 쓰러져 있고

등꽃들, 얽히고설킨 제 무게를 여전
번쩍 들고 있다
눈에 불을 켜고

느닷없이 컨트롤을 완전히 잃어버린 투수,
그라운드를 떠나자마자 폐인이 된

메이저리거에 관한 기사를
초롱초롱 읽고 있다

옆자리 노인이 티 없이 맑은 눈으로
정신이 나갔다가 들어올 적마다
여기가 어디냐고, 묻는다
공중에 뜬 그의 집이 나직이 드리운
그늘 아래서

식은 풍경

눈 그치다 그러나, 길 끊기다
젖은 소포와 몇 장의 연하장,
연락하지 말자는 연락이 왔다

폭설이 세상을 아득히 데려가버릴 때까지
나는 불타올랐으나, 결국 식었던 거다
늙은 바람은 한계를 눈 단장하여
아파트 담벽 아홉 시 방향의
어둡고 깊고 아름다운 숲으로 세워둔다, 허나
어떤 풍경도 풍경의 안에 무너졌을 뿐

깨뜨릴 수 없는 얼음의 벽이 있고
고요하고 부드럽게 눈이 내렸고
고행苦行하듯 술병은 떨어져 뒹굴었고
그리고, 오후 네 시의 하늘과 잿빛의 새

그대의 연락에 의해
불현듯 이 세상은 어두워졌다, 그래서

앉아서도 지치는 마음이 여기에
앉아 있다, 오후 네 시의 실내
행운목이 없는 베란다

폭설 이쪽의 세상이 바로 저 세상이란 걸
저 세상일 수도 있음을
받아들이라는 듯 귀소하는
하늘의 젖은 새, 허나
어떤 풍경도 풍경의 안에 숨겼을 뿐

그렇다, 오늘 나는 연락을 받았다
다시는 사랑하지 말아요
늦어버린 너무 늦어버린

탁본

평안하다는 서신, 받았습니다
평안했습니다

아침이 너무 오래 저 홀로 깊은
동구까지 느리게 걸어갔습니다
앞강은 겨울이 짙어 단식처럼 수척하고
가슴뼈를 잔잔히 여미고 있습니다

마르고 맑고 먼 빛들이 와서 한데
어룽거립니다
당신의 부재가 억새를 흔들고
당신의 부재가 억새를 일으켜 세우며
강심으로 차게 미끄러져갔습니다

이대로도 좋은데, 이대로도 좋은
나의 평안을
당신의 평안이 흔들어
한 겹 살얼음이 깔립니다

아득한 수면 위로
깨뜨릴 수 없는 금이 새로 납니다
물 밑으로 흘러왔다
물 밑으로 돌아가는 뒷모습
흰 푸른 가슴뼈에
탁본하듯

메멘토 모리
memento mori

이혜원 문학평론가

이영광은 첫 번째 시집에서 직선이나 고드름, 빙폭 등 곧고 날카로운 이미지들을 통해 한계에 대한 자각과 적멸의 성찰을 인상 깊게 드러낸 바 있다. 그렇지만 '깊이'를 추구하는 시인으로 그를 성급하게 규정해서는 안 될 것이다. 그의 감수성은 경험과 기억이 닿는 무엇이든 풍부하게 직조하는 능력을 갖추고 있다. 이번 시집에서 '죽음'에 천착하게 된 것은 육친의 잇따른 죽음을 겪으면서 무감할 수 없었던 사정이나 광릉 숲에서 칩거하듯 생활하면서 체질화된 고요한 사색의 작용이 클 것이다. 삶의 한복판에서 죽음의 지난한 의식을 치르면서 그의 시는 '깊이'의 모험을 행하게 된다. 그토록 많은 문학을 통과해갔던 '죽음'의 탐구에 그 역시 무관할 수 없게 된 것이다.

죽음을 성찰하면서 시인은 삶의 중심에 대한 물음을 새롭게 던진다. 사람은 죽음을 예감하고 사유

할 수 있는 존재이며 죽음은 삶의 어떤 순간에도 침투할 수 있다. 삶 속에 죽음이 그토록 집요하게 자리 잡고 있다면 삶의 중심에 그것이 놓여 있음을 어떻게 부인할 수 있을까? 죽음이 삶 속에 버티고 있다는 움직일 수 없는 증거는 죽은 자가 살아 있는 기억의 위력이다.

    사람이 떠나자 죽음이 생명처럼 찾아왔다.
    뭍에 끌려 나와서도 살아 파닥이는 은銀빛 생선들,
    바람 지나간 벚나무 아래 고요히 숨 쉬는 흰 꽃잎들
    나의 죽음은 백주 대낮의 백주 대낮 같은
    번뜩이는 그늘이었다.

    나는 그들이 검은 기억 속으로 파고들어와
    끝내 무너지지 않는 집을 짓고
    떵떵거리며 살기 위해
    아주 멀리 떠나버린 것이라 생각한다.

– 「떵떵거리는」 부분

아버지의 죽음에 뒤이은 형의 죽음. 가족의 잇따른 죽음은 삶과 죽음의 경계를 혼란스럽게 한다. 멍한 상태에서 산 자가 죽음의 공허에 빠져 있는가 하면 죽은 자들은 기억의 지층에 견고한 집을 짓고 들어앉는다. 기억에서 사라지지 않는 한 죽음은 완성되지 않는다. 기억은 죽음을 키우는 집이다. 기억 속에 오롯이 살아 있는 죽은 자들을 만나며 시인은 "너거 부모 살았을 때 잘하거라던 말"을 "잘한다는 것은 죽은 자를 영원히 잊지 못한다는 것"(「호두나무 아래의 관찰」)으로 수정한다. 무대 위에서 잠깐 어른거리는 단막극 같은 생보다 기억의 집 속에 자리 잡고 떵떵거리는 죽음이 더 막강한 것 아닌가.

그의 시에서 꽤 상세하게 묘사되는 장례나 제사 의식은 죽은 자가 산 자의 삶에 깃드는 방식을 보여준다. 김열규는 우리의 전통적인 상례가 전체적으로 위기며 동요의 수용과 고조, 그리고 그것들의 극복을 자연스럽게 그 절차 속에 내포하고 있음을 주목한다. 전통적 의식 속에서 죽음은 또한 영영 떠나가는 것이 아니라 다시 돌아감이라는 복귀의 절차로서 의미가 크다고 본다. 물론 외래 종교의 영향으로 '돌아가는 죽음' '복귀하는 죽음'에서 멀어진 것이 현실이다. 이영광의 시에서는 재래의 장례 절차가 비교

적 상세히 그려지면서 그 각각의 절차가 지니는 상징
적 의미가 살아난다. 「황금 벌레」에서 입관 의식은
"고통이 나가자 멎어버린 몸을/근본적으로 다시 치
료하듯" 한 재생을 위한 시술과 흡사하게 묘사된다.
습과 염의 절차와 더불어 마을에서 처음 보는 황금
빛 벌레들이 뿌옇게 반짝이며 날아가는 모습은 재생
의 표상이다. 죽은 자의 몸을 정성스럽게 닦는 것은
죽음 뒤에 이어질 또 다른 삶을 준비하는 것이다. 그
런 면에서 죽음 후에 맞는 제상을 돌상에 비유하는
것은 자연스럽다. "제상은 그의 돌상,/뼈에 붙은 젖
을 물려주고/숟가락 쥐어 주고/늙은 집은 이제 처음
부터 다시 그를 키우리라"(「음복」)에서처럼 죽음으
로 다시 태어난 자는 기억이나 제의와 더불어 산 자
들의 삶에 자리 잡는다. "과묵이 침묵으로 바뀌"고
생전의 집이 "문도 빗장도/못질도 없는/천의무봉의/
독채"(「성묘」)로 바뀌었을 뿐 죽은 자의 존재는 여전
히 삶 속에 뿌리를 내린다. 그의 시에서 그려지는 전
통적인 제의와 과정은 죽음의 충격을 극적으로 수
용하면서 극복하던 재래의 방식을 재현한다. 전통적
인 삶에서 상례의 절차와 상징적 의미 속에는 죽음
과 삶이 스며들듯 통합되어 있다. "산기슭의 마을,/
집들은 어둑어둑 흐린 빛인데/무덤과 인가 사이/억

새를 흔들고 가는 바람은 누대累代의 것,/사람들은 집에서 무덤으로/사람들은 다시금 무덤에서 집으로 영원히"(「나의 살던 고향」)에서처럼 삶과 죽음은 함께 깃들이 순환해왔다. 죽은 소나무 둥치 아래서 새싹들이 돋고 무덤과 인가가 한 마을을 이루는 것이 삶의 본모습이다. 산 자의 편의에 따라 대폭 변화된 오늘날의 장례는 삶과 죽음을 격절케 한다. 삶과 죽음의 천연성은 사라지고 죽음은 공포의 대상으로 기피된다. 그러나 삶 속에 내재해 있는 죽음을 의식하지 않는 한 그 삶은 온전할 수 없다. 죽음은 삶의 치명적인 핵심을 차지하고 있어 누구든 피해갈 수 없기 때문이다.

삶에서 죽음을 몰아내는 현대의 삶은 스스로 죽음 이후의 삶을 영점으로 만드는 무화의 기획이라 할 수 있다. 메멘토 모리memento mori, 즉 '죽음을 기억하라'는 뜻의 라틴어는 죽음의 기억으로 삶의 근원을 상기하고 영원을 추구했던 재래의 습속을 내포한다. 죽음을 기억함으로써 삶의 의지는 더욱 강렬해진다. 죽음을 의식함으로써 인간은 자신의 존재를 섬뜩하고 낯선 것으로 자각한다. 하이데거가 말하는 '불안'이 바로 그러한 이질감을 뜻한다. 불안은 삶 밖의 거대한 공허를 감지함으로써 고통을 불러일으키지만 그것을 받아들이는 과정을 통해 새로운 차원을 열어준다. 하이데거는 죽음의 불안을 회피하지 않고 그것을 향해 자각적으로 앞서 달려나가는 것이 우리를 본래의 실존으로 비약하게 한다고 보았다. 이러한 적극적 기투를 통해 막연한 두려움이 개체적 실존의 결단을 수행하는 기쁨으로 치환된다. 죽음을 향해 앞서 달려나가면서 자신을 열어 보임으로써 모든 고유한 존재가 개시되는 근원적인 세계를 펼칠 수 있게 된다. 그러나 대개의 인간들은 죽음의 심연을 회피하며 현재의 평안만을 추구하려는 '퇴락'에 빠져든다. 퇴락에 머물지 않고 죽음을 선구하며 근원적인 세계를 열 수 있기 위해서는 존재를 엄습하는 죽음의 강력한 힘, 즉 무無를 경험해야 한다. 무의 근원적인 개시를 통해 현 존재는 자신을 비롯한 모든 존재가 고유한 존재를 형성하고 소통하는 자유를 획득할 수 있다. 이러한 자유는 퇴락의 대상인 세상에서 멀어지게 하지만 내적으로 충일하면서 세계를 향해 열린 상태를 보장한다. 죽음을 의식하고 그 앞에 자신을 열어놓는 것이야말로 삶을 더욱 자유롭고 충만하게 살아가는 방식인 것이다.

죽음의 기억에 충실하고 죽음을 향해 열린 시선을 보여주는 시인은 좁다란 세상과 그 너머의 또 다른 세계를 구분 짓는 경계의 지점을 의식한다.

황새는 꿈꾸듯 생각하는 새,
다시 어두워오는 누리에 불현듯 남은
그의 외발은 무슨 까닭인가
그는 한 발 마저 디딜 곳을 끝내
찾지 못했다는 것일까
진흙 세상에 두 발을 다 담글 수는
없다는 것일까

저 새는 날개에 스며 있을 아득한 처음을,
날개를 움찔거리게 하는 마지막의 부름을
외발로 궁리하는 새,
사라지려는 듯 태어나려는 듯
일생을 한 점에 모아
뿌옇게 딛고 서 있었는데

사람 그림자 지나가고,
시린 물이 제자리에서 하염없이 밀리는 동안
새는 문득, 평생의 경계에서
사라지고 없다
백만 평의 어둠이 그의 텅 빈 자리에

밤새도록 새까맣게 들어앉아야 한다

- 「경계」 부분

경계에 서서 꿈꾸듯 생각하는 새의 자세는 시인
의 그것을 연상시킨다. 가늘고 위태로운 다리 하나
로 버티고 선 새는 '진흙 세상'과 '아득한 처음'의 경
계에서 불안하게 멈춰 있다. '진흙 세상'에 편안히
두 발을 담그지 못하는 새는 필경 자신의 몸에 새겨
진 '아득한 처음'과 '마지막의 부름'이 유발하는 힘겨
운 질문을 고뇌하고 있으리라. 외발로 버티고 선 새
의 자세는 좁은 세상에 안주하지 않고 존재의 처음
과 끝을 대면하겠다는 용기와 의지에 기인한다. 평안
과 퇴락을 거부하는 새는 '사라지려는 듯 태어나려
는 듯/일생을 한 점에 모아' 자신의 전 존재를 기투
한다. 평생의 경계를 밀쳐내고 새가 향한 것은 거대
한 무無의 세계일 것이다. 새가 사라진 자리를 힘겹
게 채우고 있는 어둡고 광대한 들이 그것을 암시한
다. 평생의 경계를 박차고 날아오름으로써 새는 충
만한 자유를 얻는다. 그것을 '진흙 세상'의 척도로는
잴 수 없다. 새는 마지막 장면에서 홀연히 사라져버
리며 부재를 통해 그것을 입증한다.

위 시의 새가 그러하듯, 시인은 일상적인 삶과 근원적인 삶의 경계를 직시한다. 그에게 있어 일상의 삶은 삭막하고 폐쇄적이다. "미로도 개구멍도 하나 없는,/뚫린 길 뚫린 길 없는 길 끝에/눈부신 사막이 있다"(「굴」)의 사막이나 "어떤 사자후로도 벗어날 수 없는/광활한 감옥"(「광활한 감옥」) 같다. 한 생을 마치고 흙으로 돌아가는 망자를 위하여 "저 나무 금강金剛 로켓을 흙으로 봉인하여/몸도 숨도 유정有情도 없는 곳으로 탈옥시켜다오"(「나무 금강金剛 로켓」)라고 하는 데는 이승의 고통을 다시는 반복하지 말라는 간절한 축원이 담겨 있다. 그는 일상적 삶의 퇴락과 고통을 단호하게 선언한다. 그것은 개선의 여지가 없이 끈질기게 지속되기 때문에 더욱 혹독한 것으로 드러난다. 「소리 지옥」에서 천 년 전의 마야 인형이 천지에 가득한 울음을 견디며 몸부림치다 굳어진 형상처럼 고통은 최후의 순간까지 끊이지 않고 삶을 엄습한다. 우리는 살아 있는 한 고통을 안고 살얼음판을 디디듯 힘겹게 나아가야 한다. "아픔에는 어김없이/가시 무지개가 뻗어가고,/세상의 망극한 마음도/제 무게를 떨며/그 위를 또 맨발로 디디고 가야 할 때가 있다"(「물 위를 걷다」)고 할 때 '가시 무지개'는 고통이 우리 삶에 새겨놓은 뼈아픈 상징이다. "눈

먼 몸은 저를 떠난 나를 증오하여/상처를 꿰매고 달래어 이렇게/흉터를 길러냈으리라/제 속에 뿌리 깊이 내려주었으리라"(「흉터」)며 처연히 바라보는 흉터도 마찬가지이다. 삶은 고통을 안고 흉터를 새기며 힘겹게 디뎌나가야 하는 살얼음판인 것이다. 그러나 시인이 정작 몰두하는 것은 그러한 끔찍한 고통조차 꿈결처럼 잠재우는 아득한 시간의 깊이이다.

무대 위에서 잠깐 어른거리는 것은
막幕 뒤의 오래고 넓고 깊은 어둠에 잠기기 위한 것,
산다는 것은 호두나무가 그늘을 다섯 배로 늘리는 동안의 시간을
멍하니 앉아서 흘러가는 것

그 잠깐의 시간을 부여안고 아득히 헤매었던 잠깐의 꿈결을 두 손에 들고
산다는 것은, 고락苦樂을 한데 버무려 짠 단술 한 모금 같은 것
흐르던 물살이 숨 거두고 강바닥에 말라붙었을 때
사랑한다는 것은, 먼지로 흩어진 것들의 흔적 한

톨까지도

끝끝내 기억한다는 것

잘한다는 것은 죽은 자를 영원히 잊지 못한다
는 것,

- 「호두나무 아래의 관찰」 부분

한바탕의 짧은 연극 뒤에 긴 침묵의 시간이 이어
지듯이, 꿈결 같은 삶의 뒤에 남는 것은 '오래고 넓
고 깊은' 죽음의 시간이다. 죽음을 겪어야 하는 존
재로 자신을 기억함으로써 우리의 삶은 새롭게 열
린다. 단술 한 모금 같은 짧막한 삶 뒤에 자리 잡은
죽음의 깊이를 인식함으로써 우리는 더 커다란 세
계에 포섭돼 있는 자신을 발견할 수 있다. 한바탕 삶
의 난장에 일희일비하지 않고 막이 끝난 후의 오랜
침묵을 받아들임으로써 더 넓게 열린 새로운 세계
를 만날 수 있는 것이다. 이런 거대한 침묵의 시간을
받아들이는 것은 허무감에 함몰하는 것과 다르다.
이는 삶에 대한 부정이 아닌 더 큰 삶에 대한 발견
으로 이어지기 때문이다. 이제 삶을 판별하는 기준
은 세속적인 부귀와 영화가 아니라 모든 유일무이
한 존재가 대등하게 세계 속에 놓여 있다는 점이다.

모든 존재가 도구적 관계에서 벗어나 신비한 현존으로 우리의 가슴에 와 닿는 것을, 하이데거는 '존재가 임재한다'고 말했다. 이때 침묵이 존재자와 우리 사이를 지배하는 것은, 말로 표현할 수 없는 고유한 깊이와 충만감이 자리하기 때문이다. 이러한 존재 경험의 풍요로운 깊이는 허무감과는 달리 현재의 삶을 더욱 열정적으로, 충만하게 고양한다. 죽음의 깊이를 체감하는 것은 삶이 협소하게 대상화되는 데서 벗어나 절실하게 감응하게 한다. 그러므로 목적과 수단에 의해 맺어지는 관계를 넘어서는 깊은 이해와 교감이 가능하다. 유한한 존재로서의 삶과 사랑을 회의하는 것이 아니라 세속적인 기준을 넘어서는 영원성을 희구하게 된다. '사랑한다는 것'은 관계의 소멸로 인해 정지되는 것이 아니라 그 모든 사랑의 기억을 다시 살면서 모든 존재가 자신을 열어 보이는 더 큰 세계를 향해 나아가는 것이다. '잘한다는 것'은 죽은 자를 기억하며 그와 함께했던 시간들을 다시 산다는 것이다. 죽음의 깊이에 그토록 골몰하는 시인이 간절하고 애달픈 심사를 거침없이 토로하는 것은 놀라운 일이 아니다. "메멘토 모리"는 곧 삶에 대한 의지를 강화시키는 주문이기 때문이다. "흙탕물이 맨발을 적시듯이/전력全力을 다해

사람은 찾아오고/전력全力을 다해 가는 비 내리고/
대문은 집을 굳게 열고/한 지친 그리움이 더욱 지친
그리움을 알아보리라"(「빗길」)에서처럼 전력을 다
해 살고 그리워하는 것이 죽음을 기억하는 자들의
마땅한 몸짓이다. "물 밑으로 흘러왔다/물 밑으로
돌아가는 뒷모습/흰 푸른 가슴뼈에/탁본하듯"(「탁
본」) 새기는 간절함마저 없다면 그것이야말로 죽은
삶이 아니겠는가.

　나무들은 굳세게 껴안았는데도 사이가 떴다 뿌리
가 바위를 움켜 조이듯 가지들이 허공을 잡고 불꽃
을 튕기기 때문이다 허공이 가지들의 기합氣合보다
더 단단하기 때문이다 껴안는다는 것은 이런 것이
다 무른 것으로 강한 것을 전심전력 파고든다는 뜻
이다 그렇지 않다면 나무들의 손아귀가 천 갈래 만
갈래로 찢어졌을 리가 없다 껴안는다는 것은 또 이
런 것이다 가여운 것이 크고 쓸쓸한 어둠을 정신없
이 어루만져 다 잊어버린다는 뜻이다 그런데도 이글
거리는 포옹 사이로 한 부르튼 사나이를 유심有心히
지나가게 한다는 뜻이다 필경은 나무와 허공과 한
사나이를, 딱따구리와 저녁 바람과 솔방울들을 온
통 지나가게 한다는 뜻이다 구멍 숭숭 난 숲은 숲

자주로 섰다 숲의 단단한 골다공증을 보라 껴안는
다는 것은 이렇게 전부를 다 통과시켜 주고도 제자
리에, 고요히 나타난다는 뜻이다

- 「숲」 전문

 이영광의 시에서 자주 쓰이는 묘사법이 대상에
대한 단순한 소묘에 그치는 경우는 없는 듯하다. 그
것은 대개 주체의 심사와 병치되는 객관적 상관물
로 드러난다. 주체의 개입을 최대한 차단했는데도
여전히 강렬하게 전달되는 그것으로 인해 그의 시
는 뜨거운 상징을 이룬다. 그는 관조를 통해 세계를
내면화하기보다 내면의 사색과 열정을 외계에 투사
하는 데 능하다. 어떤 풍경으로도 들끓는 내면을 외
현하게 되는 그의 시는 강렬한 주관성의 산물이다.
나무의 형상에서 바위처럼 단단한 공기를 전력으로
껴안고 있는 모습을 떠올리는 것은 그리 흔한 상상
이 아니다. 여기에는 무른 것으로 강한 것을 전심전
력 파고드는 간절한 삶의 체험이 깃들어 있다. 삶의
고통에 시달리면서도 '크고 쓸쓸한 어둠'을 포용하
는 나무에는 시인 자신의 모습이 겹쳐진다. 전력을
다해 포용하면서도 또 어떤 존재도 구속하지 않고

놓아주는 나무들이야말로 시인이 지향하는 삶의
자세를 구현하고 있다. 저녁 들녘의 황새에게서 일
상의 삶과 근원적 삶의 경계를 목도했던 시인은 숲
을 이룬 나무들에서 전력을 다하면서도 다른 존재
를 구속함이 없이 자유로워지는 경지를 발견한다.
나무들에게 그것은 지극히 당연한 자세일지라도 사
람에게는 쉽지 않은 일이다. 전심전력으로 사랑하
면서도 구속하지 않는 것은 도구적 존재에서 벗어
나 충만하게 살아가는 방식이다. 바위보다도 단단
한 죽음과 허무를 체감함으로써 시인은 오히려 더
깊고 넓게 대상과 소통하는 방식을 깨닫는다.

의자에게도 의자가
소파에게는 소파가
침대에게도 침대가
필요하다

아니다, 이들을
햇볕에 그냥 혼자 버려두어
스스로 쉬게 하라
생전 처음 짐 내려놓고
목련꽃 가슴팍에 받아 달고

의자는 의자에 앉아서

소파는 소파에 기대어

침대는 침대에 누워서

- 「휴식」 부분

　의자에게도 의자가, 소파에게도 소파가, 침대에게
도 침대가 필요하다는 주장은 오랫동안 사물을 도구
화해온 인간의 관점에서 보면 엉뚱하기 그지없다. 의
자나 소파나 침대는 인간의 필요에서 벗어났을 때는
이미 효용력을 상실하고 죽음을 맞이한 상태로 간주
된다. 모든 존재가 새롭게 인식될 수 있는 것은 바로
이러한 도구적 관계에서 놓여날 때이다. 의자나 소파
나 침대도 저마다 존재한다는 단순한 사실을 인정함
으로써 우리는 우리 자신 또한 자유롭지 못했던 도
구적 존재의 그물에서 벗어나 소박하면서도 풍요로
운 기쁨을 누릴 수 있다. 부서진 몸을 하고 그 덕분
에 햇볕에 나와 앉아 조용히 쉬고 있는 사물들을 보
며 시인은 모든 사물이 내포하는 독자성을 발견한
다. 의자가 그러하듯 모든 존재는 도구적 관계에서
벗어날 때 비로소 자유롭고 온전하게 자신을 현현
할 수 있는 것이다. 죽음의 불안을 직시함으로써만

이 인간은 도구적 삶을 넘어서는 더 큰 세계 속의 자신을 감지할 수 있다. 죽음은 우리가 태어났고 되돌아갈 근원적인 세계를 떠올리게 한다. 죽음을 사유함으로써 시인은 모든 존재에 내재해 있는 고유성을 확인하고 소통과 교감의 활로를 열어놓을 수 있게 되었다.

> 그렇게 나는 멀리
> 나갔다 왔다
> 멀리 들어갔다 나왔다
>
> 어디에도 닿을 수 없는데
> 멈추지 못하는 길이 있었던 거다
> 불끈거리며 몸속을 달리는 정맥혈관처럼
>
> ―「시詩는」 부분

이번 시집에서 행해진 죽음에 관한 탐구로 인해 이영광의 시는 한 차원 새롭게 도약한다. 그는 경험하지 않은 사실을 쉽사리 거론하지 않으며 자신의 내면에서 용해되지 않은 발견을 발설하지 않는다. 그럼에도 그의 몸과 마음을 온통 충격한 죽음과 사랑의 고통으로 인해 그의 시는 형질 변환을 일으키지 않을 수 없게 되었다. 세상의 일에 속수무책으로 멍해진 반면 그의 시는 불끈거리며 달리는 정맥혈관처럼 삶과 숨의 곳곳으로 파고든다. 삶의 중심을 차지하는 죽음을 경험하며 그는 죽음과 더불어 더욱 확장되는 삶을 받아들이게 된다. "멀리 들어갔다 나왔다"는 고백 속에는 죽음에 대한 사유로 존재의 깊이에 몰입하게 된 사정이 내재해 있다. 그의 시는 "기억나지 않는 어둠을 만지던/더듬이 한 쌍"처럼 예민한 촉수로 존재의 시원을 탐구한다. 시인은 죽음의 불안을 대면하면서도 허무에 함몰하지 않고 그것을 삶의 의지로 환원한다. 모든 존재가 저마다 지니고 있는 고유한 깊이와 충만함을 발견하면서 그의 시는 더 넓게 세계를 감수하고 있다. 그는 삶 속에 드리운 죽음의 짙은 그늘을 기억하면서 삶을 더욱 절박하게 호흡한다. 메멘토 모리, 고대인들이 산 자들에게 다짐시켰던 주문을 실천하면서 그는 시와 더불어 드넓은 고해苦海를 헤쳐나가고 있다. 경계의 불안을 견디며 오래 숙고하고 오감을 열어 사물의 소리와 소통함으로써 그의 시는 '오래고 넓고 깊은 어둠'이 선사하는 광활한 시간을 향해 활짝 열릴 것이다.

그늘과 사귀다

2019년 1월 11일 1판 1쇄 펴냄

지은이	이영광
펴낸이	김성규
책임편집	김은경
디자인	진다솜
펴낸곳	걷는사람
주소	서울 마포구 월드컵로16길 51 서교자이빌 304호
전화	02 323 2602
팩스	02 323 2603
등록	2016년 11월 18일 제25100-2016-000083호

ISBN 979-11-89128-23-4 (04810)
ISBN 979-11-89128-08-1 (세트)